傴僂 ハンチバック

市川沙央
Saou Ichikawa

談智涵——譯

<head>
<title>『潛入東京最大型性愛俱樂部，與港區女子火速上床3P（上篇）』</title>
<div>從澀谷車站步行十分鐘。</div>
<div>抵達欲望之城，店門招牌上盛開著一朵玫瑰。</div>
<div>嘿，我是作家Mikio。今天，我要潛入超有名的性愛俱樂部「×××××」進行採訪。話不多說，馬上進去看看吧。</div>

<div>和我一起進門的是在Pairs配對成功的早稻田女孩S小姐。（比我早一步抵達約定地點的S小姐笑容甜美可愛，就像東京的電視台那些新人美女主播一樣，打從一開始就是完美無瑕的狀態。包覆在黑色高領毛衣底下的乳房是E罩杯！）</div>

<div>其實我已經有會員卡了。（在轉行當作家之前是這裡的常客）</div>

<div>「×××××」一共有三層樓，一樓是櫃台和置物

櫃，二樓是酒吧休息區，三樓是遊戲間。晚間八點的酒吧休息區熱鬧非凡。男女比例約為七比三。</div>

<div>按照「×××××」的規定，酒吧休息區禁止脫衣服和觸摸。但是可以接吻。我和S小姐坐在卡座區，氣氛融洽地喝著莫希托雞尾酒，另外一對同樣喝著莫希托的男女過來搭話，向我們詢問：「可以和妳們坐在一起嗎？」</div>

<div>自稱三十二歲的運動型商社男，得知S小姐是早稻田校友之後，透露他自己也是早稻田政經學系畢業的。趁著現

場氣氛活絡起來，商社男順勢和S小姐開始濃烈地深吻。看來對性愛俱樂部很熟嘛……？附帶一提，Mikio是火車便當大學[1]畢業的哦（^^; </div>

<div>接下來一起去遊戲間吧。來到三樓，得到店員允許後，我們四人很幸運地進入一間空房間。</div>

<div>商社男的同伴是二十六歲的港區女子Y小姐，似乎是第一次來性愛俱樂部。但她高中時已經有過5P的經驗。這到底是什麼樣的高中生活啊！遊戲間的地板鋪滿紅色地墊，

其中一面牆是透明玻璃，還可以用遙控器讓玻璃轉變成霧面，可以說是十分高檔的設計。在那片朦朧的玻璃背後，隱約感覺到有一群地藏菩薩[2]聚集在那裡，不如就先讓Y小姐

1 火車便當大學：是日本過往的流行語，指日本戰後因「一縣一大學政策」而在全國各地廣設的新制國立大學。當時日本社會戲稱「凡是販賣火車便當的車站，當地就有一所新制大學」，成為「火車便當大學」一名的由來。

2 地藏菩薩：日本俗語，指彷彿地藏菩薩石像般呆立原地不動的人。視情況可用於形容性格木訥不擅於與女性交際的男性。

幫我口交吧。啊，這感覺太棒了。不愧是有5P經驗的人，口交技巧果然高超。在她嚥下我的下體分泌液之後，攻守互換。我的性癖好是穿著衣服直接來，於是直接伸手從Y小姐背後揉捏她襯衫裡的胴體，同時在她的耳朵洞口舔來舔去。</div>

<div>另一方面，站在一旁的S小姐倚靠著霧面玻璃，讓商社男吸吮她E罩杯的乳房。她的黑色毛衣拉高到靠近嘴巴的位置，含糊不清的呻吟聲顯得既淫蕩又可愛。滿溢出來的E

罩杯就像梨子一樣白皙富有光澤，不愧是二十一歲女大學生啊，完全沒有下垂的美形巨乳！</div>

<div>依偎在我懷中的二十六歲Y小姐因為挫敗感低頭羞紅著臉。老實說，Mikio對巨乳有點感冒，Y小姐的奶是平均尺寸而且微微下垂，完全是我的菜，我的性欲整個被Y小姐撩起來，不禁伸手進入她的內褲摸索一番，她的私處已經濕成一片了。我在她耳邊問「可以進去嗎？」，Y小姐「嗯♡」地一聲欣然同意。恰在此時，天花板飄下包裝完好的保險

套，一把抓住之後，開始第一回合。用正常體位插入時，Y小姐開始呻吟起來，有點像是松平健的森巴歌謠語尾那樣怪異的破音。我將目光瞥向商社男，他正手撐著霧面玻璃，用站立式從背後讓S小姐一再高潮。狂熱的森巴舞要有觀眾才行，我伸手去按搖控器。玻璃在一瞬間變得清晰透明，而在玻璃的另一邊，一群地藏菩薩的手正忙碌地抽動著。</div>

存檔之後，我關閉WordPress的打字畫面，將手中的

iPad mini放在腹部的毛毯上。就在我集中精神寫到最後時，一口痰堵塞在呼吸道中，人工呼吸器嘟嘟嘟地響起惱人的警報聲。

透過管子打氣攪拌約二十分鐘，讓痰起泡，再插入導管抽出痰液，接著將呼吸器的連接頭接上氣切插管後，我拿起枕頭邊的iPhone，開啟工作用的聊天APP。

——性愛俱樂部報導「×××××」上篇已交稿，請提供回饋意見。

我再次將從深處湧出的痰抽取乾淨之後，氧氣流向大腦，舒服。

——謝謝。後半（下篇）以及福岡和長崎的二十個搭訕聖地，可以在週末之前完成嗎？

——可以的。三篇文章都會在星期六之前交稿。

拿著iPad mini，再次登入WordPress。編輯部已經幫我建立範本的標題，我從中點擊選取福岡篇的條目。從這一刻開始，編輯權限轉移到Buddha。「Buddha」是我的帳號名。

我活在涅槃二十九年了。由於成長期的肌肉發育不完全，無法維持正常心肺功能所需的血氧飽和度，我在老家的國中二年二班教室窗邊朦朧地失去意識，涅槃就是從那個時候開始的。

已經將近三十年，沒有拖著鞋底在路上行走了。

牆上的時鐘邁向正午。當膀胱意識到尿意時，再怎麼麻煩也只能起身前往廁所。涅槃的佛陀偶爾也會起身走路吧。我用注射器抽出氣切插管氣囊裡的空氣，拔掉呼吸器連接頭，並且在警報聲響起前關閉電源。

極度彎曲成S形的脊椎將右肺壓垮得不成樣子，從此世界的右側和左側被賦予了獨特的意義。下床時只能從左側。如果身體要靠著某樣東西的話右側會比較輕鬆，但想要望向右邊的時候頸部卻無法配合轉動，電視只能放在左前方。冰箱的上層和下層都只能用右手取物。左腳只有腳趾碰到地板，因此行走時不免步伐蹣跚，一不小心就會撞到左側的門框。

「——」

今天早上也不小心撞到頭，但哀嚎的空氣在抵達聲帶前，就從氣管切開口的插管逸散。

從廁所回來後，戴上呼吸器。在iPhone打開推特個人帳號，貼了一則推文：〈想在性愛俱樂部打工，從天花板撒下保險套。」這個帳號從來沒有得到任何人按讚，只是一個微不足道的帳號。一個和終日臥病在床沒什麼分別的重度身障女性一天到晚發布「如果能夠重生的話，我想成為一名高級娼婦。」之類的推文，想必讓所有人都尷尬到不知如何回應吧。

「我想在麥當勞打工。」「我想體驗高中生活。」「如果誕生在身材高䠷、容貌俊俏且擁有黑卡的雙親之家，一百六十五公分的我是個健全的正常人的話，就可以征服天下了吧

（到底是什麼天下啦）。」「雖然出生和長大都在神奈川縣，但去東京的次數寥寥可數（除了町田以外）。」「在自動驗票閘門普及之前就無法行走，所以只知道用剪刀剪車票的剪票口。」「雖然從來沒搭過新幹線，但童年時期的海外旅行都是坐商務艙。」

下午一點，照服員從玄關進來為我準備餐點，我也要離開呼吸器正式起床了。這個由公寓改建而成的護理之家「Ingleside Group Home」，是父母親留給我的最終居所。大約十個榻榻米大的房間，有廚房、廁所和浴室，已經是我能用雙腳行走的空間的全部。一年三百六十五天，我不會去別的地方，除了照服員、照護管理師、醫護人員和呼吸器租賃公司外，也沒有其他人會來探望我。天氣晴朗時，朝西的落地窗隱約能看見富士山的山頂，但因為西方在右手邊，我也無法轉動過去看。房間裡有一張寬敞的書桌，背後是一面懸掛著弧形窗簾的凸窗，每天我都會固定坐在書桌前度過一整個午後。正面牆上掛著五十英寸的電視，但我很少打開來看，牆壁另一頭偶爾會傳來隔壁住戶的電視聲響。下午兩點左右，鄰居似乎總是在看網飛排行前十名的韓劇。

十四歲時，主治醫生告訴我，如果在喉嚨中間開一個孔，理論上會比用鼻子和口腔呼吸來得輕鬆。從那時候開始，我只有在仰臥時需要人工呼吸器。「肌小管病變不是進行性疾病」是我父母親的「御題目」。根據大辭林的解釋，所謂的御題目就是心懷感激地念頌毫無實質內容的主張。畢竟在基因錯誤的情況下，肌肉的設計圖本身就是錯誤的，即使這個疾病不會有什麼戲劇性的變化，身體的維持、成長和老化也不可能和健全的正常人一樣。

為了做出不會對彎曲的頸部造成負擔的姿勢，我將雙腿像益智玩具一樣摺疊在椅子上，啟動桌子左側的筆記型電腦。自從三年前開始，我參加某間知名私立大學的遠距教學課程，同學將近三十人，看完隨選影片後會一起進行討論，可得到一節出席分數。這是我第二間修習遠距課程的大學。由於我只有中學學歷，因此我選擇的第一間大學是有提供特別研修生制度的學校，即使沒有高中學歷，只要預先修習學分就能混進去就讀。接連參加幾間通信大學的課程，我自嘲根本是在洗學歷，但對我來說，我與社會有連結的地方就只有暖桌報導寫手這兼職，舉凡社會上常見的頭銜，也就是在網站的下拉式選單中原本就設定好的職業選項，例如公司職員或家庭主婦等等，盡是我根本無法從事的工作，因此超過四十歲的我即使花錢也要保住大學生這三個字的身分。

不造成頸部壓力的姿勢反而會增加腰部的負擔，因此每隔三十分鐘我會放下雙腿，讓腰部得到舒緩。然而這樣的姿勢持續三十分鐘之後，頸部又會開始感到麻痺，必須將雙腿再折回原本的位置才行。如此一來一回之中，重力使我的S形脊椎更加彎曲。身體在硬邦邦的塑膠矯正衣束縛底下抵抗重力的同時，心臟和肺被夾在彎曲的脊椎和矯正衣之間，藉由脈搏血氧儀的數值表露它們的窘境。每當看到在Yahoo留言的網友或文化界人士嘆息著說現在的世界令人窒息時，我總會心想「這些傢伙根本不了解什麼才是真正的窒息」。

他們甚至連三十年前的脈搏血氧飽和儀是什麼樣子都不知道。

早午餐的時間比較晚，稍做消化、頭腦回復清晰之後，我開啟Moodle，進入媒體溝通課程的論壇，填寫意見回覆的作業。

仔細想來，所有文字都有作者——無論是網購目錄的商品描述或照片標題，或是不動產廣告或招聘傳單上的文字，都必定有某人為之撰寫，並且背後總是伴隨稿費報酬。直到註冊為群眾外包網站的兼職寫手之後，我才認知到這一點。長久以來搜尋引擎的垃圾內容持續不斷，以這種ＳＥＯ[3]導向的暖桌報導文章來說，作者的報酬約為每字零點二至二日圓左右。所謂的暖桌報導，指的是沒有經過採訪，單純利用網路上的消息粗製濫造拼湊而成、用來獲取點閱率的文章。在我受雇的網路媒體中，男性導向的內容主要是風俗店體驗故事或二十個搭訕聖地之類的文章，再加上配對交友ＡＰＰ

的廣告；女性導向的內容則是由「和前任復合的二十間神社加上電話占卜的廣告」獲得壓倒性的人氣。到底是有多想要和前任復合啊，已經分手的戀人何不乾脆放棄呢……？不過每篇文章能拿到三千日圓，對於有照護或育兒需求，或是像我一樣重度身障無法走出家門的人來說，未嘗不是好工作。錢財倒不是我的目的，因此我都會將這些不入流的文章收入

---

3 SEO：搜尋引擎最佳化（Search Engine Optimization）的縮寫。

全數捐給無家可歸的女孩庇護所、食物銀行和長腿叔叔育英會。

曾經看過食物銀行的願望清單上，有人寫著「只要有拌飯香鬆，就夠我下飯了」之類令人心疼的願望，因此我時常熱心地透過Amazon寄送香鬆過去。照護之家的餐點相當清淡，所以香鬆是不可或缺的，有錢也好沒錢也罷，香鬆總是我的救星。

這間護理之家的土地和建築物是我所擁有的。除了這裡之外，還有其他幾棟公寓交由物業公司管理，我也會獲得租金收入。以億為單位的現金資產繼承自雙親，存放於各個銀行，至今未曾動用。我沒有繼承人，死後所有財產都將進入國庫。常常聽說有父母為了身障子女努力留下財產，子女無牽無掛地死去之後，財產就進了國庫。如果那些介意身障者毫無生產力只會消耗社會福利的人能夠知道這一點，或許會稍微釋懷一些吧？

我去了廁所，泡了一杯即溶咖啡，回來等待血氧飽和度回到九十七之後，拿起iPhone。

〔想嘗試墮胎。〕

考慮片刻之後，將這則推文存為草稿。我打開筆記型電腦的瀏覽器，進入Evernote。我把那些可能引起爭議的奇想暫時放在這裡冷卻一下。

「想嘗試懷孕和墮胎。」

「在我扭曲的身體中，胎兒應該無法健康成長吧。」

「身體應該也無法承受分娩的辛苦。」

「當然育兒對我來說是不可能的。」

「但或許懷孕和墮胎是可行的。畢竟生殖功能沒有問題。」

「所以想嘗試懷孕和墮胎。」

「像普通女人一樣懷孕並墮胎，是我的夢想。」

在新冠肺炎大流行期間，我經常把自己關在房間裡，但身為創辦人的女兒，如果不好好使用特地花錢裝修的設施似乎有些不負責任，因此晚餐時我都會下樓到二樓餐廳用餐。

裝有山葉電動裝置的輪椅平時備著外出用的吸引器（OB-Mini）。即使在沒有人工呼吸器的時候，抽痰用的吸引器也是我片刻不能離手的裝備。只要氣切插管這種塑料異物還塞在喉嚨，黏膜就會自動作戰，而設計圖出錯的呼吸肌就連一個具有噴射力的咳嗽也辦不到。

「一樓德永先生的家人送了很多葡萄過來。」

照服員須崎女士端來我的食物托盤。

甜點是盛著三粒巨峰葡萄和三粒貓眼葡萄的小盤子。味噌煮鯖魚、通心粉沙拉、海帶芽味噌湯和白飯。我忘了從房間帶香鬆過來。

我點頭回應須崎女士，口罩上方的雙眼調整為微笑模式——葡萄啊，秋天來了呢，請幫我和他們傳達謝意，我的一個點頭包含了以上的意思。稍後我也會在照護之家的入住者LINE群組表達謝意就是了。

只要堵住氣切插管的開孔，我也可以發出聲音，但會增加喉嚨的負擔，痰也會變多，因此我很少說話。只有在無法單靠點頭或搖頭來表達意見的時候才會用聲音言語來表達。但如果句子太長的話氣就會不夠，比較複雜的事情最終還是會用LINE來傳達。

脊髓損傷的山之內先生坐在對角線第三排的位子，在照服員田中先生的協助下用餐。我將臉面向他們，調整兩次角度之後，向他們點頭表示問候。他們也微微點頭回應。現年五十多歲、十分健談的山之內先生曾經是一位優秀的汽車業務員，此刻他正在和資深照服員須崎女士漫無目的地閒聊著。

「不過嘛，好在數位科技崛起之前我就已經脫離社會了。不然就算手臂還能動，我還是連電腦都不會用呢。」

山之內先生趁著咀嚼食物的空檔，毫無顧忌地滔滔不絕；一勺盛滿通心粉沙拉的湯匙從剛才開始就一直懸浮在他的面前。

「現在連汽車的駕駛座都換成平板了，兒子借我的車子也不知道怎麼用，連收音機都不會開呢。」

說話總是以一聲輕笑收尾的須崎女士是個營造氣氛的老手，能夠將空氣中的旋律轉化為明亮開朗的大調。

「如果是VR的話，我會想玩玩看耶，只要戴上眼鏡就可以去任何想去的地方吧？」

「哇，那真的很不錯耶。釋華小姐，妳有在玩VR嗎？」

須崎女士順勢把話題丟給我。我搖了搖頭。

不管是電玩機台還是手機網路遊戲，我不曾長時間玩這些東西，而且要拆開紙箱再壓扁也太麻煩了……

「釋華小姐的房間有很多新玩意對吧？妳上次買的是用來掃描書的東西嗎？是叫掃描機還是什麼來著？寫畢業論文應該很辛苦吧？」

我點了點頭──其實現在也只是剛確定論文題目而已。

「田中，你也想要這種機器吧？我看你每次都在用手機看漫畫。」

「在休息室看漫畫嗎？也借我看一下嘛。《賭博默示錄》還有續集嗎？」

「我沒看。」

到底是不看福本伸行的漫畫，還是不會在休息室看漫畫，田中的回答讓人摸不著頭緒。對三十多歲的田中先生來說，比起擁有一套漫畫，還不如用APP看漫畫還比較吸引人吧。可能是那種上下滾動排版，只要等一段時間就可以免費看的。

雖然田中先生戴著口罩，但這麼近距離的說話引來山之內先生不滿，出聲責備「喂，小心新冠肺炎啦」。明明自己邊吃東西邊講個不停。

田中先生不發一語，依照山之內先生喜歡的方式，讓湯匙裡的米飯浸泡在味噌湯一會後，將整個碗送到山之內先生的嘴邊。

山之內先生是個話匣子，協助他進食是一件相當需要毅力的事。如果不小心嗆到造成吸入性肺炎，那可就糟糕了。

但畢竟這裡是護理之家，可不能像過時的照護中心那樣，管理規則太過嚴苛的話會給人壓迫的感覺。

「比起看漫畫，我還更想去柏青哥。」

「我也很想帶你去啦，就算不能玩，至少感受一下氣氛也好。」

「對！就是要那個氣氛！」

當事人自嘲的笑點出現了。「唉，沒辦法，現在的我連自己的那兩顆都玩不起來了。」

「喂喂，山之內先生，在場還有年輕女生欸。」

「啊，抱歉抱歉。」

我一臉嚴肅地微微歪著頭，平靜地喝著味噌湯。雖然一九七九年出生的我早就不是什麼年輕女生，但我十九歲才來月經，從外表看不太出來已經四十多歲了。也許從我脫離標準的人生軌道當下開始，我的生長曲線就和脊椎一樣呈現S形彎曲吧。

營造出一陣和諧的氛圍之後，須崎女士鑽進廚房，為那些沒來食堂用餐的人準備餐點，接著端起托盤步入長廊。

空氣中的旋律突然變成了小調，食堂也安靜下來。我思考著剛才冷淡的埋怨是否能夠在不讓世界產生摩擦的情況下維持常溫。即使是這樣一個小小的食堂，對我來說也是一個公共場所、一個社會。社會化不足的埋怨會擾亂社交氛圍的節奏，就像我步履的醜態會驚擾人們的視線。渴望墮胎的念頭，與一個脊髓損傷的五十六歲男性的黃色笑話並不在同一個層次。

雖然，一個傴僂怪物的埋怨不可能比一個脊椎直挺的人的埋怨更加不扭曲。

一個年輕人將剝好皮的巨峰葡萄塞進只有脖子以上能動的老伯嘴裡。我看著那個年輕人挺直的背脊，邊用筷子折斷吃得乾乾淨淨的味噌鯖魚骨頭。

將六粒葡萄從掌心滾動到桌面攤平的面紙上。筆記型電腦左側的空間比較狹窄，一顆巨峰葡萄無奈地滾到地板上。

我繞到書桌前坐了下來，稍微思索了一下。

首先取出另一張面紙，揉成一團後展開，放置在桌子右半邊寬敞的空間。接著拿起懸掛在書桌側邊掛勾上的機械手臂夾爪，小心翼翼地夾起在地板上乖巧等待的巨峰葡萄。右手的握力勉強可以持續握住手臂夾爪的操縱桿，將葡萄移動到波浪般的面紙上，「咚」一聲落下。不只三秒鐘，在地板上停留約莫三分鐘的葡萄可能已經布滿細菌了吧，只得用皺巴巴的面紙包住丟掉。

即使只是在房間內移動，我也會先制定縝密的計畫後才開始行動。如果吸引器沒有將痰抽乾淨，尚未完全清除的痰可能會在中途阻塞，因而造成窒息的危險。即使沒有痰，勉強自己動來動去的結果也會造成血氧飽和度下降。如果不是為了把葡萄從餐廳帶回房間，以動線效率的考量來說，應該先順路去廁所，將綠茶的茶包浸入馬克杯之後再帶回房間，一路搖搖晃晃地移動不免讓杯子上半部清澄的綠茶滴落到地板上——小心別摔倒哦，釋華。在母親聲音回音的支配之下，我在椅子上完成了雙腿的拼圖。每天我會使用三個馬克杯，由照服員在隔天下午清洗。在LINE的公開班表中，明天下午是由田中先生負責。星期一和星期五下午，則必定是由須崎女士照顧我的起居，其他日期為自由調度。星期一和星期五是淋浴和洗頭的日子，必須讓同為女性的照服員來協助。由同性照服員協助洗浴是父母特別請託照護管理者的心願，雖然他們深知人手不足，但這是他們無論如何都要守護女兒尊嚴的心意。

以這個時段來說，肺部清晰的感覺是罕見的。就平常而言，無法自行排出的痰會累積在遭受擠壓的右肺深處，這種彷若肺部塌陷的感覺才是家常便飯。雖然趕緊刷牙並接上人工呼吸器會比較輕鬆，但參考文獻太重無法帶到床上，也就無法完成原本預定的閱讀工作量。根據柯爾本[4]的《身體的

4 阿蘭・柯爾本（Alain Corbin，一九三六—）：法國歷史學家，主要研究人類感官、情緒與情感。

歷史》，由於二十世紀初的「視線的犯罪化」，畸形展覽秀這類表演逐漸沒落，是好萊塢的奇幻生物取而代之獲得大眾的關注。雖然只是多了一層人偶裝扮，但有了這層緩衝，人們就可以不帶罪惡感也毫無保留地目視欣賞種種奇形怪狀並獲得樂趣。

對脊椎來說，用雙手壓著三到四公分厚的書並且埋頭閱讀，比其他任何動作造成更大的負擔。我厭惡紙本書籍。眼睛看得見、能握著書、能夠翻頁、能保持閱讀姿勢、能自由前往書店購書——要求具備這五項健全條件的讀書文化優位主義，是我深惡痛絕的。我厭惡那些沒有察覺到這種特權性的「愛書人」們無知的傲慢。彎曲的脖子勉強支撐著的頭顱沉重又劇痛，扭曲的腰部在擠壓著內臟的同時，因前傾姿勢而在與地球的拔河中節節敗退。每次閱讀紙本書籍，我都會感覺我的脊椎正在一點一滴地逐漸彎曲。脊椎開始彎曲是在小學三年級的時候。明明我總是保持著挺直的姿勢坐在教室的桌前，而班上約三分之一的學生則是盯著筆記本，以一種奇怪的駝背姿勢抄寫板書。然而，最後在大學醫院的復健科被一群大叔包圍，身體被脫得一絲不掛然後裹上石膏繃帶的卻是我。健全的孩子即使姿勢不良，脊椎也一點都不會彎曲。因為他們身上都內建著正確的設計圖。

這個地區的孩子家裡多半沒有自己的房產，即使有，也是建設公司的孩子。這是一個晴朗的天空被戰鬥機聲音掩蓋，失去名字的基地之城。金色迷你裙的女孩。戴著海豚耳環的女孩。把教祖著作送給我的女孩。我不認為她們的人生有那麼美好，但毫無疑問地，她們的人生是依照正確且沒有彎曲的脊椎設計圖前進的。只能依照錯誤設計圖的我，該如何才能變得像她們一樣呢？只要達到她們的程度就足夠了。懷孕、墮胎、分手、交纏、懷孕、生產、分手、交纏、生產。就算只是模仿這樣的人生，也已經足夠。

我想追趕上那些女孩。即使無法生產，至少在墮胎這件事，我想要追上她們。

田中先生拿著美耐皿餐盤來到我的書桌前。我點頭致意後，他放下盤子，在口罩裡頭說了聲「請用午餐」，便往洗衣機走去。

我注視田中先生拿著籃子穿過房間到陽台晾衣服，同時從腳下的簡便型冰箱中拿出奶油盒。我用刀切下冷卻凝固的黃色塊狀物，擺在吐司旁邊。兩根維也納香腸、一個荷包蛋和整份醃菜。與其說是午餐，還更像早餐。現在的生活方式和我以前住在家裡的時候一樣，只是以前母親做的事，現在改由照服員來做而已。

電視螢幕上飄動著灰塵，無為的黑色映照出我細長而顯露肌肉病變的面容。正當我聽著隔牆的韓劇時，田中先生站在我的桌前。

「有什麼事嗎？」

我搖搖頭。

田中先生站在那裡半晌，動也不動。除了傍晚要收回晾好的衣物之外，在那之前今天應該已經沒有工作了。

我歪了歪頭。

「關於妳說要捐出來的那件事情。」

田中先生的聲音就和不織布口罩一樣不帶感情。他的膚色和口罩一樣白，可能是因為這個原因，過去年輕時大量生產的痘疤依然明顯可見。

捐出來？

啊，可能是上午我在LINE員工群組裡寫的那件事吧。

——我想把VR眼鏡捐出來，作為公共空間的用品。但如果沒有人能夠操作的話，好像也沒什麼用吧。

接著，設施管理者山下經理回覆道：

——田中應該會用吧？

所有人都已讀，但田中先生沒有回應。

他是在說這件事嗎？

「弱者沒有必要勉強自己吧，就算再怎麼有錢。」

當一連串稍長的句子降臨時，我才注意到他的雙眼縮小了半個眼球的面積，正在用一種蔑視的姿態俯視著我。從什麼時候開始變成這樣的？難道之前他一直都是用這種眼光看著我嗎？

「我也是弱者。所以請不要再增加我的麻煩了。」

哇，突然覺得這傢伙好糟糕。而且還自認是弱勢男性，說不定是個厭女份子。好可怕。

我的內心似笑非笑地皺成幾條線，就像臉上浮現線條的表情符號一樣。但我並沒有表現在臉上。

「對不起。」

我按住插管的開孔說道。

「我會停止這麼做的。」

難得我發出聲音，田中先生卻連點個頭都沒有，只是瞥了一眼桌上的文件掃描機便離開房間。

如果兩個人都不是弱者，這個劇本裡的台詞應該會完全不同吧。——這要怎麼使用呢？——像這樣打開，把書放在下面，設定為自動模式之後每五秒鐘就會掃瞄一次。而且壓著書本的拇指的影像也會自動消除。——哇，真方便啊。我房間大部分的空間都被漫畫佔據了。

只能想到像置入性行銷廣告一樣沒有溫度的對話。

不管有沒有溫度，能夠從對話這個行為當中發現意義的就是溝通的強者。這個道理我懂。

然而剛才那些並不是對話，而是攻擊。為什麼我非得承受弱勢男性的攻擊不可呢？雖然我也不是不能理解田中先生的意思……

我望向窗外陽台上的晾衣杆，上頭整齊地掛著床單、毛巾和換洗衣物。內衣褲我自己手洗後用烘衣機烘乾，晚上再收進衣櫥裡，所以並不在陽台。與其他重度患者的照服員相比，在我房間工作的照服員可說是輕鬆許多。既不用操作插入式馬桶也用不著穿脫尿布，移位機或進食照護也都不需要。

或許正因為如此，距離感才會被誤解。煩躁和輕蔑的情緒，並不會投向遙遠的事物。我對紙本書籍的憎恨也是如此。就算我的身體再怎麼缺乏運動能力，我也不會去憎恨公園的單槓和攀爬架。

餐盤裡的午餐還剩下一半。我打開筆記型電腦，在身障支援技術課程的錄影中，可以看見現在的學生完全不了解腦性麻痺患者和肌肉疾病患者對於打字輸入設備的需求有什麼差異。不自主運動的腦性麻痺患者需要的是固定、重量適度的嘴杖，而終日臥床或身體歪斜的肌肉疾病患者需要的則是可以放在胸前或任何地方的觸控板。明明上次和上上次已經講述過同樣的內容，學生們還是照樣犯下同樣的錯誤。他們似乎從未見過身障者。

美國的大學都會依照ＡＤＡ[5]的規定，不僅電子教科書已經十分普及，每個設備都必須讓視障者在拆開包裝後能夠

5　ＡＤＡ：美國身心障礙者法案（Americans with Disabilities Act）。

立即使用，否則無法被採用為教材。但在日本，因為社會上彷彿並不存在身障者，因此沒有這樣積極前瞻的措施。日本的正常人似乎從未想像過一個傴僂的怪物究竟為了紙本書吃足多少苦頭。每讀一本紙本書，我都感覺脊椎彷彿正在慢慢地崩毀，至於那些宣稱喜歡紙張的氣味，喜歡翻頁的觸感而貶低電子書的正常人就讓他們繼續自我感覺良好吧。E原女士[6]之前經常在E電視頻道的某個節目，可能是「Barrier-free Variety」還是「Heartnet TV」，呼籲推動閱讀無障礙化，但不幸因為心臟疾病而在前陣子離世。她曾經沉痛地訴說紙本書的不便，如果沒有助手為她翻頁的話根本無法閱讀。什麼紙張的氣味，什麼翻開書頁的觸感，什麼左手中的頁數逐漸減少的緊張感，那些只在乎品味文化氛圍的健全正常人就讓他們繼續活在那個美好的世界吧。我在論壇上寫道，出版界

6 此處指海老原宏美，日本知名身障人士，脊髓肌肉萎縮症（SMA）患者。

是正常人優位主義的世界。被那些裝模作樣的文藝界人士視為蛇蠍般厭惡的體育界，實際上還為身障者提供了更多的發展空間，不是嗎？如果要說出版界為身障者做了什麼事情，最具代表性的就是一九七五年「愛的錄音帶是非法的[7]」事件吧，一群文藝作家聚集起來刁難圖書館為視障者提供的服務，然後將之徹底擊垮，盡是這種事不是嗎？這些人知道這麼做會讓盲人的閱讀環境停滯多久嗎？法國等國家早就將提供文檔明定為義務了……

「啊、啊啊、喔喔喔、啊、嗯、嗯啊啊……」

夜晚九時至凌晨三點，雙手夾著iPad mini、肺部與人工呼吸器連結的我是一個閱讀與寫作的機器。在完成性愛俱樂部報導的下篇之後，我開始在文字應用APP撰寫成人小

7　一九七五年，東京都內的公共圖書館將部分書籍的朗讀錄音帶借給視障者，作為協助視障者閱讀的服務，此舉引發日本文藝著作權保護同盟的抗議，主張「愛的錄音帶是非法的」，認為沒有經過作者與出版社許可的錄音是侵犯著作權的違法行為，並在日本社會引起「身障者的閱讀權」與「作者的著作權」的爭論。

說，準備在小說投稿網站連載。目前正在寫的是一個稱為TL小說[8]的女性向官能輕小說。只要巧妙地套用流行公式，例如超完美達令、千金小姐或幻想歐洲風，就有可能在排行榜上躍升而得到出版社的青睞。如同村西透[9]所說，色情是可以賺錢的。還有一句話，大概是西新宿的偵探澤崎說的吧，只有政治家和妓女是可以在一夜之間上手的職業。TL作家也是類似的情況。我用筆名「Shaka」出版的電子書已經超過十本，每月匯入銀行帳戶的零星版稅會立刻被我拿來花在陌生人的學費或拌飯香鬆上。輕浮的金錢。

我可以斷定，用文字表現女性的呻吟聲是不可能的。這比描繪兒童的叫聲還要困難好幾個層次。每個作者似乎都為此煞費苦心，因此最近在成人小說投稿網站上流行一種叫做

8 TL小說：日本漫畫與輕小說的創作類型，通常以年輕女性為主要讀者，著重使用青少年風格來呈現戀愛與性愛元素的題材。TL是「Teens Love」的略稱。

9 村西透：成人影片導演，以製作自己身兼演員、導演、攝影師的「自拍A片」聞名，被稱為「AV帝王」。

「呻♡吟」的技法，也就是在「啊啊」的後面加上♡心形符號。就像「♡嗯啊啊♡啊啊♡喔喔♡」。但這種技法沒什麼格調，我才不用。

我不用♡符號，但我喜歡讓角色發出「啊嗯啊嗯」的聲音，這樣也可以多增加一點字數。

「嗯、嗯嗯唔、啊、啊、啊啊喔、喔喔、喔喔喔。」

由高齡處女重度身障者書寫的毫無意義的詞語讓螢幕另一邊的讀者的「蜜壺」震顫，零錢因而在這個生態系統中流轉。

〔如果有錢卻沒有健康，人生就會變得十分清白純潔。〕

未曾在推特上發布的草稿深埋在Evernote之中。我試圖調整為更加嚴肅的論調，原本想在身障議題和酷兒研究的論壇上提出問題，後來還是放棄了。身障女性的生殖健康與權利。我在課堂上聽到各式各樣的問題，但那些問題在我的人生當中一個也沒有發生。無論是在照護中心或肌肉萎縮症病房中橫行的異性照護和性虐待，或是視障女性被雙親和醫師建議墮胎，以及乘坐輪椅的女性無法逃脫電車痴漢的故事，都與我的真實人生毫不相關。就像女性和身障女性是平行的存在一樣，我感覺身障女性和涅槃的釋華也是平行的。它們可能看似重疊，實際上卻不可能重疊。由於一直受到雙親和金錢的庇護，我無需操勞這副不自由的身軀到社會上拋頭露面。我的心靈、皮膚和黏膜都沒有與他人摩擦的經驗。

比起自虐的純潔生活，我喜歡這些突發的奇想，並且將其設定為推特的置頂貼文。〈如果能夠重生的話，我想成為一名高級娼婦。〉

我想要從因為金錢而與摩擦疏遠的女人，轉變為透過摩擦來賺錢的女人。

由於書寫這些鹹濕的故事，內褲裡的護墊已經牽上幾條透明的細絲。在廁所換過護墊、睡了五個小時醒來之後，發現山下經理用LINE傳來訊息。

——釋華小姐，對不起。原本明天是要進行洗浴的，但須崎女士與確診者有密切接觸，淺川小姐的PCR檢測結果也呈現陽性。××小學已經停課了，可能有好幾個班級都出現確診者吧。

須崎女士的孫子以及淺川小姐的孩子都在××小學就讀。

——哇，果然還是發生了。聽起來很嚴重。

——原本我是打算今天去上班的，如果我能出門的話。

但以今天的樣子來看，還是沒有辦法站起來。

——請不要勉強。妳那邊也是很辛苦吧。我的意思是說妳明明已經很痛了，還要負責這邊的工作，真的辛苦了。

山下經理原本就有腰痛的老毛病，因為突然惡化，已經請了一個星期的休假。持續不斷的腰痛讓她無法從床上起身，而且栓劑幾乎沒有效果。這個護理之家剛成立時就由山下女士負責管理，她原本在我常去的大學附屬醫院的居家訪視部門工作，是我父母把她挖角過來的。山下經理也有護理師資格，年齡比我大一歲。

——但是該怎麼辦呢？讓男性照服員來幫忙的話還是不太方便吧。我會試著問問看有沒有人能來幫忙……

包括山下經理在內，Ingleside的工作人員一共有三名女性和三名男性。除此之外，對於需要夜間吸痰等醫療照護的臥床病患（除了我以外），會由護理站派護理師過來協助。

——啊，其實沒關係啦。雖然我的父母好像很介意這一點，但對我來說男性照服員也沒有關係。

——但是，畢竟這樣還是有點……不過現在這種局勢，真的感謝妳的體諒……

——這年頭真的不容易，不只是新冠肺炎，人手短缺的問題也沒有好轉的跡象。

——真的對不起。我會繼續試著找助手！如果不行的話，星期五就讓田中來幫忙了。

——好的，沒問題。

——田中在工作上一向很仔細，可以放心。

——是啊。

我們互相傳送了「保重」（腰痛）和「加油」（讀書）的表情貼圖，結束這場對話。

我對於田中先生工作仔細的評語並沒有異議。但在這個情境中，這會是什麼樣的狀況呢？我的身體會被仔細地清洗嗎？

如果沒有好好洗，就沒有盡到工作上的責任。

所以就讓他來完成他的工作吧。就只是這樣而已。

我用拇指關閉LINE，再打開一個藍底白鳥圖案的

APP，進入草稿存放區並按下發布推文的按鍵。

打開另一個從開始擁有平板時就一直在使用、一個白底的綠色大象APP，裡面有篇文字描述殺死胎兒並鹽漬的欲望；我複製全文，將其分割成細碎的段落並連續發布推文串。〔像普通女人一樣懷孕並墮胎，是我的夢想〕。我講述著一個想成為普通人的夢想，卻又下指令讓這些推文遠離普通女性的普通生活，以避免這些推文被看到，這種落差的有趣之處讓我獨自一人發笑。事實上本來就不會有人去讀我的呢喃，自然也不會引起什麼爭議。

到了下午，今天值班的西先生進來準備午餐，嘴裡嚷著「新冠肺炎還是很可怕啊」。六十一歲的西先生本身是腎臟病患者，每週必須進行三次洗腎，對他來說可能更害怕吧。我也很害怕。

「這是寄給您的。」

桌上放著一個亞馬遜網站的信封。已經起床坐在桌前的我，用拇指和食指夾起它並放在地板上。寺山修司的《畸形的象徵主義》只在亞馬遜Marketplace的二手書區才有賣。我繼承了母親的潔癖，無法若無其事地觸摸二手書，煩惱不已之下只得買一台書籍掃描機。就算是超過五千日圓的專門書，只要買得到新書的話我就會買新書。圖書館的書太髒了我不敢摸，而且我根本沒有體力去圖書館。我也不喜歡把二手書放在家裡，但請店家幫忙掃描也是違法的，好啦我知道了啦煩死了，我自己掃描總可以了吧。雖然這樣做也是違法，但這和未成年飲酒、抽菸，或者動漫展的二次創作同人誌是同樣程度的事情，換句話說，也不過就是潔癖而已。

報告還有辦法應付，但要寫論文的時候，就無法避開二手書了。

表象文化論的課程即將輪到我發表研究主題。我還在猶豫要採用哪一個畢業研究題目，要選華格納的《尼布龍根的指環》中侏儒阿爾貝里希的反猶太象徵？還是要從女性主義和身障者視角論述米津知子和岩間吾郎在「蒙娜麗莎」噴漆事件中的當事者文學？

米津知子是一位患有小兒痲痺的女權運動者，因為後遺症的緣故，右腳必須戴上輔具行走。儘管我說自己與其他身障女性的人生經歷不可能重疊，但對於她企圖在東京國立博物館向蒙娜麗莎噴塗紅漆的舉動，卻有不小的共鳴。當時，社會聚焦在墮胎法規修訂的議題，不想生下身障孩子的女性團體與不想被殺的身障者團體激烈地對抗。在殺人者和被殺者之間的對立下，「只能選擇墮胎的社會」被定義為共同的敵人，議題一路延伸上昇到身障女性的生殖權利，促成了安積遊步[10]的開羅演說。一九九六年，法律終於承認了身障者也有生育的權利，但隨著生殖技術的進步和商品普及化，殺害身障的胎兒最終仍然成為許多男女司空見慣的日常。不久之後，或許就會成為平價的消費行為吧。

10 安積遊步：本名安積純子，成骨不全症患者，日本知名身障人士，推廣社會運動時使用「安積遊步」之名。一九九四年，在埃及開羅舉行的聯合國「國際人口開發會議」發表演說，主張廢除「優生保護法」，爭取身障者的生育權利。

既然如此，身障者為了殺害而懷孕應該也沒關係吧？

這樣才算終於取得了平衡，對吧？

在健全者與身障者之間的拉扯之下，米津知子將心靈的痛苦發洩在蒙娜麗莎身上。雖然我無法完全體會她的感受，但我也有想要玷污蒙娜麗莎的理由。我討厭博物館、圖書館以及受到保存的歷史建築。我討厭那些一直以完整姿態存在著的古老事物。我討厭那些沒有損壞而保留下來，隨著逐漸老舊而更有價值的事物。我的身體隨著時間的流逝而逐漸歪曲並且崩壞；這不是走向死亡的崩壞，而是為了生存而崩壞，作為存活下來的時間的證據而逐漸被摧毀。這在本質上完全不同於正常人所罹患的致命重症。雖然正常人的衰老多少有時間上的差異，但每個人都是用同樣的毀壞方式逐漸老化。可是我不一樣。

每次閱讀書籍，我的脊椎都會更加彎曲，肺部被壓垮之外喉嚨必須穿孔行走時還會碰撞到頭部，我的身體為了生存而崩壞。

這樣與為了生存而殺害萌芽的生命，又有何區別呢？

我握著濕滑的扶手，坐在淋浴椅上。

全身上下僅有的是一片不織布口罩。須崎女士幫我洗澡時，我也是全裸戴著口罩，我一直覺得這樣有點像變態。

穿著深藍色短袖POLO衫的田中先生打開蓮蓬頭，從我的腳底開始沖洗。我把雙腳浸在臉盆裡，溫水漸漸灌滿。他在我進入浴室之前就已經預熱了水溫，工作確實很仔細。

從雙腿到腹部、胸口、肩膀，接著繞到背部。因為我沒有穿著矯正衣，為了不讓身體垮掉，我緊緊抓著淋浴椅的邊緣，手臂像支撐桿一樣直直地撐著。當淋浴稍歇時，田中先生先用浴巾搓出肥皂泡沫，接著扶著我的肩膀，用浴巾擦拭我的右臂和左臂。那只是骨頭上貼著皮膚的支架而已。我的胸部在矯正衣的束縛下，只是一個永遠不會充分發育的荒地。咖啡色的乳頭貼在浮起的肋骨上，如此而已。Mikio對巨乳有些抗拒，是因為他的母親擁有一對沒有下垂的巨乳。

因為我的母親也是如此。由於女主角的相形失色而成為主角的肋骨表現太過突出，看起來就像一塊陡峭的絕壁，下面並沒有腰部。我的上半身懸在半空中，左側的骨盆穿刺著側腹。

背部。左腿。右腿。腳底，以及腳趾的縫隙。

全身上下塗滿肥皂泡沫後，再次拿起蓮蓬頭沖洗。如果水進入氣切插管開口的話會造成災難，因此田中先生用手掌擋在我的鎖骨上方，以防水珠飛濺到氣切管上。應該是須崎女士在居家隔離的時候用LINE建議他這麼做的吧。

我沒有看田中先生的臉，對他的表情也不感興趣。同樣地，田中先生對我的身體也沒有興趣吧。如果在一般的照護機構或醫院之類比較具有壓迫感的場域，可能會在沒有經過患者本人同意的情況下就安排異性照服員，但今天這個情況是我依照自己的意願許可的。身障者並不具有性的意義。我同意社會在這方面作出的定義。我為了自己的方便而撒謊表示同意。幸運的是，如今這個時代剛好可以利用口罩遮住臉，足以掩飾這個謊言。

最後收尾的時候我站起身來。這麼一來，身高一百六十五公分的我就變成俯視田中先生的局面。

田中順。三十四歲。一百五十五公分。我想起半年前看過他履歷表上的數字，下眼皮不由自主地跳了一下。明明我連他的名字都不曾想起過。在不得不的情況下他只好仰望著我，我們的目光也因此相遇，但兩個人依然維持無表情的狀態。我從他的手中接過蓮蓬頭，趁著他側身的時候，依照平常的順序清洗私密部位。

據說法蘭茲・李斯特的身高有一百八十五公分，而他的女兒科西瑪也是個高大的女性。華格納和他的妻子科西瑪的身高據說相差十五公分。雖然華格納本人的身高範圍可能落在一百五十到一百六十七公分不等，但可以確定的是他個子不高。詛咒指環的矮人阿爾貝里希或許是一個同族厭惡之下的產物。

如果畢業論文將這種不入流的外貌主義作為主題核心，會被允許嗎？

停留在研討會論壇的輸入畫面，放在鍵盤上的左手一直動也不動。

右手臂始終支撐著身體，所以我無法盲打。

而在右眼的視野邊緣，田中先生正在更換床單。

可能是微小的灰塵或塵蟎在飛舞，氣管的黏膜感到不安，發出旁人聽不到的微弱咳嗽。每次咳嗽後，都會持續感到呼吸困難，必須花上一個小時不斷地將積聚在肺中的痰抽出來。偶爾我的頭髮會不小心進入氣管，接著頭髮會被纖毛送到食道，像一條蛇一樣沿著食道往上滑過喉嚨的蓋子，整個過程中我會因為噎到而無法呼吸，十分難受。

「可以問一個問題嗎？」

田中突然問道。

我將目光瞥向他，代替無法轉動的頭部。

「之前的治療師，妳覺得怎麼樣？」田中先生沒有望向我，仍舊面向著床說道。

治療師——

在我的iPhone文字轉換預測當中出現的治療師，意思是為女性提供性服務的技師。記得大約三個月左右前我曾經發布一則帶有這個詞的推文。

〔既然父母都不在了，乾脆來找女性的性服務吧。治療師……〕

不對，他不可能是在說那種治療師。

「那個叫『紗花』的帳號，是井澤小姐對吧？」

在纖毛運動的推進下，氣管插管塞滿了痰，我突然喘不過氣。

「從閱讀紀錄和護理之家這個詞，就可以確定帳號的主人是誰了喔。」

我打開吸引器的開關，將6Fr的導管一側插入吸引器的連接器中，再透過手裡的鏡子將導管的末端插入氣管插管。

接著會進行多次「抽送」的動作，以抽出氣管內的痰。「抽送」這個詞在日本只有情色作家才會使用，但這個詞彙的原產地是中國，早在十七世紀的奇書《金瓶梅》之前就已經出現，是個具有正宗來歷的猥褻詞彙。

無論是在缺氧或正常情況下，我的大腦都有這種感覺。在現實生活中，我藉由年輕而認真、沉默寡言的身障女性井澤釋華來體驗這種感覺，也正因為如此，Buddha和紗花[11]才可以肆無忌憚地持續公開下流且幼稚的言論。這些言語就像是從蓮花周圍混濁、黏稠而濕漉漉的泥沼中孕育出來一般。
然而，如果沒有淤泥，蓮花就無法生存。

在下一口痰從肺部湧上來之前，我用大拇指堵住氣切插管的開孔，好讓一口氣能夠從暢通的氣管通過聲帶。

「我還沒有叫過治療師。」

11 在日文中，「釋迦（Buddha）」、「釋華」、「紗花」的發音相同，皆為「Shaka」（しゃか）。

我回答道。田中先生正彎著身子鋪平床單的皺摺。

「哦，所以只是說說而已嗎？」

這樣講是什麼意思？是在嘲笑我只會出一張嘴嗎？

而且為什麼突然變得好像和我很熟一樣？難道看過我的裸體，就以為可以改變我們之間的關係了嗎？還是手握著蓮蓬頭的他一度掌握了我的生殺大權，因而讓他得意忘形了呢？

在意識到肺部的喘鳴聲之後，我再次捂住喉嚨。

「你對治療師有興趣嗎？」

「沒有啦。我是直男。」

田中先生把晾在陽台的枕頭和夏天用的被子收進來之後，我稍微提高音量對他說道。

「那你為什麼要問？」

不管怎麼想，這種情況只會發展成勒索吧。然而，就算拿著一個不知羞恥的帳號來威脅我，我也幾乎沒有什麼可以失去的東西……

「但是治療師不會讓妳懷孕吧？」

他擺好枕頭，在上面鋪上大毛巾，重新放好原本挪開的粉紅色吸引器。

「是嗎？」

我意外地發現自己並沒有深入思考這一點，有些氣急敗壞。「雖然表面上不行，但是應該會有私底下的服務吧？」

畢竟，男性用的風俗店也有這樣的服務吧……

「妳這麼想懷孕喔？啊不對，是想墮胎對吧？」

難得可以從田中先生的聲音中讀取到感情。一種徹底輕視和嘲笑我的感情。

「田中先生應該也有這樣的時候吧？無論如何都想得到的東西，或者是想做的事情。」

田中先生雙手抱起堆放在地板上的床單、毛巾和睡衣，準備抛進洗手台旁的洗衣機。讓男人的手碰觸這些每晚吸收我污垢的物品，讓我愈來愈難以忍受。

「這個嘛。」

「是什麼東西呢？」

「井澤小姐擁有的那些錢，就是我想要的。」

他在書桌前停下腳步，第一次望向對話的對象回答道。

「那你打算拿來做什麼呢？」

「不知道，反正不會捐出來就對了。」

反覆的嘲諷令我感到窒息。田中先生自顧自地走到走廊盡頭時稍微停下腳步，那一瞬間，他在口罩中對即將吐出的話語撒上像橄欖油一樣綠色的黏液。當壓力太大而被綠膿菌擊敗時，就會咳出這種顏色的痰。

「如果有這麼多錢，或許治療師私底下會同意也說不定吧。」

協助洗浴這件事，就算我不在意，他應該還是會覺得反感吧。難道他沒有辦法拒絕嗎？明明他只要拒絕就沒事了。如果他是因為協助我洗浴而感受到如此巨大的壓力以至於無法壓抑攻擊性，那就太可憐了。不過，看來他偷窺紗花的帳號也不是一天兩天的事了。那麼，我的裸體究竟是多麼沉重的負擔呢？

對田中先生來說，或許他只是為了金錢而接受協助重度身障女性洗浴的工作。當他清洗著連看也不想看的畸形身體時，也只不過當作是在磋磨一顆金塊吧。像我這樣一個依賴雙親遺產度日的人，在他眼裡或許就是顆不勞而獲的金塊。

不過，那是無法到手的金錢。

他說出的話語，就像紅色的噴漆。

那麼，我就是蒙娜麗莎——

我雙手緊緊抓住桌子邊緣，像是要用束腰壓垮右肺般猛烈地咳嗽。因為黏稠的痰已經堵塞住，空氣無法進入被擠壓的肺泡。如果空氣進不去，痰就無法排出，會一直停留在那裡。無論是氨溴索或卡玻西典，都只會像是咒語一樣沒有任何作用——釋華小姐，妳不多補充一點水分是不行的喔。

用來維持肺泡膨脹以及軟化痰液的肺表面活性物質的分泌已經枯竭了。不是的。不是這樣的啊，媽媽。已經不是那個問題了。是因為我已經活得太久，骨頭和肺已經崩壞得一塌糊塗了。我已經按照這個錯誤的設計圖活了太久，卻又太慢成為大人。

一般來說，8Fr的吸引導管是標準尺寸，只有在手術中才會使用6Fr，如果以義大利麵來比喻的話就是將如同天使髮細麵的吸引導管插入支氣管深處，直達最深最深的地方，甚至到達肺部，將那些無法排出的痰液硬生生地抽出來。但不管怎麼使勁咳嗽、抽引、或掏刮，胸腔深處的痰液怎麼樣也無法順利排出；難道，我的孩子也會這樣極其頑固地抵抗，不管怎麼抽吸怎麼掏刮都不願意從子宮深處出來嗎？這讓我感到恐懼萬分。

剛才去洗手間的時候，下面垂著一絲一絲紅紅的東西，難怪我的身體水分不足。還好不是昨天就來了。再過六天就會來到容易懷孕的周期，有人說初經來遲的人會比較早停經，如果依照這個說法，那麼我成為一個真正的人的機會已經不多了。

那些在我身上只看得到錢的人，我也只會從錢的角度來看他們。

所謂的社會就是這麼一回事吧。

因此，靜靜地等待六天後，我對田中先生說道：

「你想要多少錢？」

即使沒有前面的鋪陳，我們之間的溝通也沒有問題。因為我們都是弱者。雖然我從來不認為田中先生是弱勢男性，但既然他自認如此，那就算是吧。我們沒有演奏冷冷清清的長調的才能，因此短調即可。不，應該說我們就像荀白克的曲子那樣，能夠脫離框架並且坦率地表達內心真實的想法。我們是無調性的。

這就是為什麼田中先生沒有表現出任何對話和節奏上的不自在。

「一億。」

田中先生說道。

對於這麼可愛的金額，我連鼻腔深處都笑到刺痛了。我自己死後不知道要怎麼處理的遺產還比這個金額多一些。

「一億五千五百萬如何？」我按住喉嚨說道。

「這是以田中先生的身高計算的。一公分一百萬。這是我對你的健康身體評估出來的價值。」

即使扣除一半的贈與稅，四捨五入之後也可以說將近一億。就算他能理解其中的含義，惡意也會留下更深刻的印象。

也難怪田中先生會以輕蔑的姿態瞇起眼睛來。

「山之內先生也有精子啊。還是說，不是健全人士的精子就不行呢？」

他刺中我的痛處。

這句話雖然只是一句嘲諷，卻觸及了身障女性的核心情結。

「不是這樣的。以我的體力來說，我沒有辦法坐在上面。你懂我的意思吧。」

我把剛剛才拿來的午餐餐盤挪到筆記型電腦的蓋子上，

從書桌抽屜拿出支票簿和發黃的支票機。僅僅這樣一個動作，我軟弱無力的手臂也難以應付，手腕和手肘在槓桿原理的運用下展現出奇怪的姿態。

「你不想要一億五千五百萬嗎？」

我用事先準備好的印章在支票的裁切處蓋上騎縫章，然後撕下支票。把父母親的遺產用於這樣愚蠢事情而產生的罪惡感讓我的手顫抖著。印章和存摺平常都藏在只有我知道的地方。雖然在這個與照護員共享鑰匙進出的護理之家，保全的水準本來就高不到哪裡去，但死守著金錢到最後又能留下什麼呢？反正在我離開人世之後什麼也不會留下。

因為沒有回應，我將支票機的插頭插在延長線的插座上，再把支票放進支票機。

在數字鍵盤上按了九下。

「什麼時候？」

田中先生簡短地問了一句，目光瞥向左手邊的床。

「現在。」

在匯款人欄簽名、蓋上印章後，我把支票擺在桌上，朝向對方。

田中先生的眼神像是看著垃圾一樣，俯視著數字末尾的「※」記號。

「我要離開的時候會再過來。我會小心不被別人發現。」

他在我的左側坐了下來。本來以我的體重不足以造成反彈的床墊，被男人的體重一壓便陷了下去。

「妳不喜歡說『來吧』的男人，對吧？」

田中先生將口罩從臉上摘下來晾在床邊的扶手上，嘲笑著說道。

〈這樣說話的男人實在令人作嘔。雖然我也會這樣寫，因為這也是一種公式化的台詞。〉

就因為我在私人推特帳號上毫無防備地抱怨著TL小說的工作才會導致這樣的情況發生。除此之外，暖桌報導的文章、護理之家居民之間的瑣碎八卦，甚至是在成人網站上不定期連載的早稻田女孩S小姐的淫亂日記——只要是有心人士，都可以從透過紗花的帳號追溯到我在網路上留下污穢分泌物的痕跡。既是Buddha也是釋華，既是釋華又是紗花的我所創造的妄想世界的一切，這個男人都知情。原來他待在休息室的時候，讀的並不是漫畫……

當我在這樣一個不起眼帳號的忠實觀眾面前縮著身子時，田中先生將嘴唇湊到我的耳邊，輕聲地說道。

「來吧。」

我堅信，如果是田中先生的孩子，我可以毫不自責地墮胎。而且，無論是超完美達令還是弱勢男性，我聽到「來吧」都一樣會發怒。

「我想要喝。」

「井澤小姐也會喝酒嗎？我從來沒見過這裡有酒。」

「不是，我是說精液。」

「不太好吧。」

聽不出來他是在說味道不太好，還是因為沒辦法射兩次所以不太好。

田中先生跪在床上，開始解開他米色長褲的皮帶。當他拉下拉鍊，將長褲和內褲一起脫下時，一根了無生氣、毛茸茸的生殖器毫無修飾地出現在我的眼前。因為一整天工作而汗濕的那東西，和我Kindle裡滿滿的成人漫畫當中的路人甲的部位沒有太大的不同。

想用剪刀將長方形調味海苔或韓國海苔剪成一條一條的

直直地貼上去，就像漫畫裡的黑色色塊一樣[12]。

用拇指和食指掐住它，將前端含在嘴裡，舌尖傳來一股鹹味。如果一位推理小說家真的完成一場完美犯罪的話，應該會有一種空虛而悲傷的感動吧。我甚至還可以用舌尖探查到它的傷痕，從微小的凹凸可以感覺到他在五年前或更久之

12 依照日本法律規定，漫畫中不可完整描繪性器，因此在某些漫畫作品中，會將若干長條型黑色色塊加在男性性器上方，日本網友將這樣的黑色色塊戲稱為海苔。

前曾經進行過一場如今可能需要花費二、三十萬圓的手術。如果是適用保險的那種比較普遍的手術會比較便宜，但也很容易一眼就被看出。原來他是會把錢花在這些地方的人啊。

當我努力地伸長舌頭探索所有縫線的痕跡時，我的頭被一把抓住，硬生生地將那東西塞進我的嘴裡。一想到他正像是看著垃圾一樣地俯視著我，我便也沒有勇氣抬頭去看他。不知道是對他自己溫柔還是對我溫柔，田中先生抓著我的頭緩慢且小心地輕輕地搖晃著。對我來說這樣還比較輕鬆。

如果他覺得這是一種羞辱的話，那也滿可憐的，但它在我的口中是有反應的。有一種明顯與我的唾液不同的味道混合在一起。

就像是吸吮著田中先生的怨恨。這樣的感覺很好。

我本來就不用喉嚨上方的口鼻來呼吸，因此在這個過程中可以像是機械一樣地運作，不會有窒息的風險。因此，抽送動作也毫無顧忌地變得愈來愈激烈，我像女孩子一樣用高音發出呻吟並且加上一點點♡，而田中先生則是在盡情地搖晃我之後，在我的喉嚨的深處停下了動作，然後射精。

有點不妙。

我幾乎無法嚥下這溫熱的黏液。我微弱的咳嗽無法將流向氣管的黏液排出。更糟糕的是，當黏液卡在食道的交界處時，讓我噎到連身體都折彎了。因為那裡是反射最敏感的地方。

我立刻抽起枕頭上的毛巾，咳得毛巾都是白濁的唾液。

田中先生丟下了我，一陣紊亂的腳步聲漸漸遠去，玄關傳來關門的聲音。

從肺部湧出的痰從氣管插管中溢了出來。

雖然很少會咳得這麼嚴重，但我已經習慣這種情況。我完全無法呼吸，只能爬到枕頭旁邊躺下，將痰抽出之後再戴上呼吸器。

如果將電源關掉的話我就會死掉。

肺部膨脹，讓痰泡沫化。

大約一小時後，人工呼吸器的螢幕顯示的氣道內壓力值的振幅恢復正常。當我打算更換抽痰導管時，在丟棄到垃圾桶之前，我用檯燈照了一下那些在細管裡閃閃發亮的分泌物。

每一隻大概值多少錢呢？

……又不是稻田魚。

翌日早晨，我發燒了，右肺也變得堅硬，發出的聲音像是大約有三隻小老鼠棲息在那裡一樣。

儘管我的身軀是這副模樣，其實免疫系統是很強的，從小就很少發燒，這也是為什麼我會感到如此驚訝。

雖然新冠肺炎測試結果為陰性，最後我還是決定遵照家訪醫生的建議住進KS大學醫院。自從改為家庭醫生看診之後，原以為就此與大學醫院分道揚鑣，但終究還是回來了。

雖然我早已登記成為KS大學醫院白菊會[13]的遺體捐贈志願

13 白菊會：日本的遺體捐獻組織。日本各大學醫院皆設有白菊會，供志願者捐獻遺體，作為教學及研究用途。

者，死後本來就必定會回到這個地方。

呼吸器的氣道內壓力警報不斷地發出聲響。

診斷結果是吸入性肺炎。

在三隻小老鼠當中，大約需要一天的時間才能等到其中一隻離開，然而在那段期間又會增加四隻，大概就是這樣的感覺。肺部的一隅好不容易解鎖了，卻有更多的區塊被鎖住。除了不厭其煩地繼續抽出在肺部裡掀起風暴的痰之外，別無他法。還好點滴和尿道導管的水分會自動流動，令人不勝感激。

田中先生的怨恨在我的肺中引起發炎。

隔天，山下經理送換洗衣物過來的時候仍拄著拐杖，看起來十分痛楚，微微拖著一條腿行走的步伐令人有種親切感。

「釋華小姐，妳還好嗎？還好不是新冠病毒。哇，特別病房果然好寬敞啊。」

「讓您擔心了。」

答覆的是朗讀ＡＰＰ的機械聲音。

我已經開始在想，只有iPhone的話根本無法應付工作和大學的課業。呼吸和排泄都由身體外部的設備來處理。只要用藥物退燒，此刻的我與平常健康的時候並沒有太大的差異。

「剛剛遇到家訪部門的人。安藤一直建議我去疼痛門診。」

山下女士對KS也是熟門熟路。

「去一趟比較好，妳就請假去吧。」

「謝謝。看來就算我不在，Ingleside也沒有什麼問題，真是太好了！」

「產後的腰痛真的會拖很久呢。」

「是呀，真的很難受。光是照顧六歲和三歲的孩子就夠辛苦了。」

山下女士俐落地將行李收進衣櫃，卻又時不時被立在一邊的拐杖絆倒，接著又拿起錢包說要去買點飲料和果凍。先前因為新冠疫情而受限的探訪時間最近也放寬了，現在可以探視十分鐘左右。

「啊，還要買香鬆。」

「知道了。對了，等妳康復以後，也要去做吞嚥動作的復健哦。」

「啊，我還沒有做過這種復健。」

「最好還是訓練一下，畢竟以前從來沒有遇過這樣的狀況。」

難怪雙親將我託付給山下女士，她真是個可靠的人。

身為一個在世上無依無靠的傴僂怪物，我知道這一切有多麼令人感激。是這樣沒錯吧。爸爸。媽媽。

我之所以將自己賺的錢全部捐出去，是為了將我所蒙受的莫大的幸運回饋給生活中缺少幸福的人們。山下女士拄著令人心安的拐杖聲前往便利商店，順便還買了黃色系的永生花回來裝飾窗台，最後再將保特瓶裝的茶塞滿整個冰箱之後才回去Ingleside。

在這樣一間不分晝夜人來人往、無法顧及個人隱私的醫院，根本沒辦法認真讀書，也沒辦法進行猥褻文字的讀寫工作，因此我決定用iPhone重新閱讀蒙哥馬利[14]的《安妮的甜蜜家庭》。是的，清純的井澤釋華小姐本來就是這樣的人。

Ingleside是一個家庭的名稱，成員包括安妮與她深愛的丈夫、孩子們以及幫傭。在我熱愛安妮系列小說的少女時代，一丁點也沒想過自己將來會成為老處女。雖然我將護理之家取作這個名字並沒有任何諷刺的意思。

肺部的小老鼠減少為一隻。又過了兩天，田中先生在山下女士的請託下，從Ingleside帶來我的電動輪椅。這表示沒有人知道那天的事情，也沒有人懷疑田中先生。

田中先生把摺疊輪椅和置物籃放在門口附近之後，只見他手裡拿著一個紙袋，呆立了兩秒鐘。不知道他是在看房間還是在看我。紙袋裡面裝的是鞋子。

---

14 蒙哥馬利（Lucy Maud Montgomery，一八七四—一九四二）：加拿大作家，最著名的作品為「清秀佳人」系列小說。《安妮的甜蜜家庭》即為系列作之一。

田中先生沒有讓紙袋發出任何聲響，安靜地取出鞋子，整齊地擺放在床邊的地板上，然後站了起來。

我假裝專注地讀著書中如何描繪Ingleside裡陶製的看門犬歌革和瑪各[15]。

「還有什麼事嗎？」

我在枕頭上搖了搖頭。

洗衣都是由醫院提供服務，因此沒有需要帶回去的東西。

我還不能拆除呼吸器，也不能去廁所，距離出院可能還需要一段時間——我也沒有打算用一個平凡無害的一般話題來打發時間。即使是田中先生在Ingleside值班的時候，我也不記得我們曾經有過什麼平凡無害的一般話題。

每次被問到「還有什麼事嗎？」的時候，我就會沉默地搖搖頭。這就是我和田中先生之間溝通的調性。

15 歌革和瑪各：聖經中的角色。在《安妮的甜蜜家庭》當中，歌革和瑪各分別是兩隻陶土製的狗的名字。

「這種事有必要冒著生命危險去做嗎？」

他站在那裡一動也不動地隔著口罩出聲，就像個人偶喃喃說話一樣。

我緊握著iPhone，像是抓住了一件武器。

「田中先生，你只要想錢的事情就可以了。」

這句話好蠢也好弱，弱到就連機械聲音都驚呆到只能生硬地讀出來。不如說「你給我想錢的事就對了」還好一點。或是「等我回來以後再繼續吧」之類的。如果能用葛城美里[16]的口吻說出來就好了。

我還沒有放棄讓田中先生為了錢而成為殺死胎兒的共犯。我還沒有完全放棄。

那天，我不知道田中先生是否真的會來，所以我把支票放在辦公桌的抽屜裡。

16 葛城美里：日本動畫《新世紀福音戰士》當中的女性角色。「等我回來以後再繼續吧」是她在動畫中的著名台詞。

如果他趁我不在的時候拿走支票，機靈地逃到某個地方，那也不錯。

但是。

我唯一不希望的就是對方假裝什麼事都沒發生一樣。

我希望田中先生能夠更邪惡一點。

「你可以恨我也沒關係。」

比起TL，這還更像BL[17]的台詞。但我不覺得這樣虛構的台詞能夠說服一個活生生的男人。

無法擁有真實社會化的身體令我感受到極限。我將iPhone丟在防水床單上。

「小心保重。」

田中先生俯看著被丟出的iPhone，吐出這句話後便背著身走出了特別病房。連打聲招呼道別都沒有，就像他平常值

17 BL：日製英語「boys' love」的縮寫，指描寫男性間戀愛的創作類型，包括小說、漫畫、動畫等。

班的時候一樣。

他是在說iPhone？還是在說我的病情？還是……？

當然，這種程度的事情，我還是能夠解讀的。

在我出院之前，田中先生已經辭掉Ingleside的工作。

我覺得自己做了一件非常對不起山下經理的事。在這個人手不足的時局，我卻給她增加許多心理負擔。

「我覺得山之內先生不喜歡被年輕的男孩照顧，所以才會對他這麼冷漠。」

田中先生雖然看起來年輕，但也已經不是能夠稱作男孩的年齡了。不過這是一種相對的感覺吧。

在護理之家成立之前，山下經理便已經習慣和我分享各種情報，對她來說好像是一種義務似的。她將出院的行李大略整理完畢後，將床邊裝飾用的椅子一把拉過來，喝起罐裝咖啡。這是我在復健時順便在醫院的便利商店買來送給山下女士的。她把原本放在椅子上的玩偶擺在膝蓋上。我們曾經在關島有間別墅，那是很久以前在關島的免稅商店買的史努比，已經送洗過幾次，但很快又被灰塵沾得發黑。

「他認為讓女人來照顧他是理所當然的吧。但從我們的角度來說，男性照服員也很重要，尤其是在照顧重度身障人士的時候……」

她把飲料罐放在嘴邊，伸長脖子看著窗外的動作讓人明瞭今天是可以清楚看見富士山的日子。病倒的時候可就看不見這樣的景色。

「山之內先生的身體很容易累積壓力，很想讓他的生活有一些新鮮的轉變。」

我認真地點了點頭。

但我不會提出什麼建議。

我無法承擔責任。我的肌肉已經被降格，在這樣的情況下，我無法承擔責任。

須崎女士走進來，問道「釋華小姐，妳能起床吃午飯嗎？」

我要吃——

對肌小管病變的患者來說，沒有使用的肌肉很快就會退化，即使之後努力鍛鍊也無法恢復。以前能夠爬上去的樓梯可能再也爬不上去，如果在洗手間裡安裝扶手，一年之後沒有扶手的話，恐怕就再也無法站起來了。

因此，涅槃的釋華才會拚命地從床上爬起來，每天每天，無論呼吸有多麼困難，都會坐在書桌前直到夜深。明明這麼憎恨紙本書，卻還是緊緊抓著不放。

隔壁的鄰居正拍著手，聲音乾乾的。這位鄰居是和我同樣患有肌肉疾病而終日臥床的婦人，使用插入式馬桶完事後，拍手示意讓在廚房附近等候的照服員前來收拾善後。這個世間的人們都在背後說，「如果是我的話一定無法忍受。我寧願去死。」但那是錯的。像隔壁的女人那樣生活，我認為那才是人的尊嚴所在。真正的涅槃就在那裡。而我還無法達到那樣的境界。

如果仔細傾聽，就會聽到柔和的韓文歌曲和嚮往戀愛的旋律流瀉出來，漸漸變得高亢。我打開書桌抽屜尋找遙控器；住院期間，為了打發時間而養成了看電視的習慣。

電視沒有開啟。

即使更換電池，遙控器也沒反應。仔細觀察後，發現電視機的電源燈不自然地閃爍著。在網路搜尋紅燈閃爍的含義。看起來是故障的訊號。

——一直沒有使用，就這麼壞掉了。

由於我也沒有體力重新拔插電源插頭，只得放棄，將遙控器放回原本的抽屜。

抽屜裡面放著一張一億五千五百萬日圓的支票。

是的。那份憐憫才是正確的距離感。

我無法成為蒙娜麗莎。

因為我是一個傴僂的怪物。

歌革啊，末日之時，我必領你來攻擊我的地，我將藉由你在諸國人面前彰顯神聖，使他們認識我。

那日，也就是歌革攻入以色列土地時，我將顯現怒顏，在妒火和烈怒中宣告。

我也必將暴雨、冰雹、火，與硫磺降予他和他的軍隊，以及與他共處的眾民。

我要將火降予歌革，以及安居於沿海的眾民身上，使他們領悟我是主。我要在我的子民以色列中彰顯出我的聖名，不容我的聖名再被褻瀆，使諸國人領悟我是主，以色列的聖者。

看哪，這是主神所宣告的，日子已經臨近，諸事必然應驗。這就是我所說的那一日[18]。

18 出自舊約聖經的〈以西結書〉。

＊

待機室的冰箱裡總是塞滿7－11的蕎麥冷麵、飯糰以及三明治。自從上次吃了冷飯糰而吃壞肚子之後，我決定自掏腰包帶全家的飯糰來吃。雖然我最喜歡的還是早稻田校本部合作社的飯糰，不過現在一週只去一次而已。正當我把MacBook放在盤坐的小腿上，一邊打著毫無意義的文章，一邊用粗糙的梅干籽摩擦舌頭側邊舒服的地方時，正好有人叫我。我關上電腦收進包包，只見Rin板著臉從隔壁的包廂回來，身上披著已經脫下的羊毛衫，用求救的眼神問道：「紗花，妳有私密處清潔液嗎？」「對不起我也沒有了。我會請千姐去買。」在第一天上班體驗日的時候，我就被這面大紅色的門簾吸引住，彷彿裡頭會走出一個穿著紅色西裝的侏儒。當時我心想，乾脆就選這家店吧。反正我只想輕鬆賺錢，對店家和客人都不挑剔。Rin似乎不是這麼想，但為什麼她總是遇到保險套破掉這種事呢，實在不可思議。

「我是紗花，你好♡」

雖然回頭客很多，但這位客人是初次見面。他是看到網路上的評價而找到我的，也就是所謂的後追客。他的臉色泛黃，毛髮稀少，戴著眼鏡，有點像是個子比較高的小小兵，聲音也像小小兵一樣尖尖的。但他沒有小小兵那麼可愛，乾脆叫他小兵吧。感覺他比較適合即即NN[19]的玩法。我在店內的個人資料照片上有一個☆記號，他之所以指名我，表示他不追求儀式性的娛樂。這樣的客人就是想和E罩杯長相姣好的女大學生不洗澡也不戴套就直接打炮中出。這種客人也是最容易賺錢的。

「原來紗花是念文學系的啊，確實看起來滿像的欸。」

小兵說他想要幫我按摩肩膀。他坐在床的邊緣，而我坐

19 即即NN：日本風俗店用語，「即即」指在入浴前進行口交和性交。「NN」指男性客人不戴避孕套，且射精在女性體內。

在他的膝蓋上讓他幫我按摩。這樣的要求很少見，但也不是沒有。他們似乎有這種癖好。

「文學系的畢業論文都寫些什麼啊？」

如果老實說我讀政治經濟系的話肯定會嚇到客人，所以我都說自己是文學系的。我隨便應付地回答道。

「大衛．林區作品中的身障者表象。」

「是哦，不是很懂，感覺很難呢。」

當然，小兵的手不會只停留在我的肩膀上，而是緊緊地抓住我的上臂往下滑，然後隔著吊帶背心揉捏我的胸部。小小兵有手嗎？是長的？還是短的？長什麼樣子？

「其實我自己也不太懂。還沒寫完，可能也來不及交出去了。」

小兵自稱是新創公司的系統工程師，用那看似除了敲打鍵盤和玩弄小姐乳頭之外什麼也不會的手指，一邊捏著兩顆乳頭一邊在我的耳朵裡吹氣。剛才那位嘴巴臭得像是昭披耶河水上市場的客人也在我的耳朵裡舔得很起勁耶，還是不要舔比較好吧……？

「紗花這麼聰明又漂亮，為什麼要做什麼小姐呢？」

阿？「什麼」小姐？你最好放尊重一點吧？

我有一種怪癖，討厭的人對我做出討厭的事反而會讓我感覺舒爽。小兵用奇怪的聲音在我耳邊呢喃，而我顫抖著回答道。

「我是為了學費。」

小兵毫不客氣地從耳下舔到後頸，發出充滿同情的怪聲。

「原來是個苦學生啊，真可憐。妳的父母是做什麼的？」
「嗯……」
「對不起，是不是想起不愉快的回憶？」
說話像是老伯文體的小兵將我的背心往上一脫。今天有點冷，我的雙乳正埋怨著。
「我哥哥進了監獄。」
「啊。」
「就在我讀國中的時候。然後媽媽也變得不太正常，開始迷信奇怪的宗教。」

「哎呀……」

「家裡所有的錢都捐給那個宗教了。但是由於我媽媽有學歷情結，只有學費可以保留下來。」

也因為如此，我只有在讀書這件事下足苦工，不靠推薦入學，只憑一次考試就進入理想的學校。大學四年級之後，之所以會缺錢都是那個叫做担的牛郎的錯。他今天也沒有傳LINE給我。好過分。倒是上週在性愛俱樂部認識的商社男邀請我去訪問校友。反正最後都會去開房間，我也想去。
我對性愛的喜愛也是被担調教出來的。
我恨他。
「那肯定還是不夠用吧。紗花，我想要妳舔我全身。」
小兵只用三四張KO老師[20]就想盡情玩弄我的身體，還

20 KO：為慶應義塾大學的俗稱。由於慶應義塾的創立者福澤諭吉為日幣一萬圓鈔票上的頭像人物，因此此處將其作為日幣一萬圓鈔票的代稱。

覺得自己對我的學業有所貢獻。這個土黃色的垃圾。

「妳哥哥做了什麼？」

當我跨坐在他身上舔著他的腋下時，他開口問道。有些客人會問得很深入，有些不會。也有些人會邊吐嘈邊追問。

「他殺了一個女人。」

「哇……」

「他從學校畢業後進入一家公司，被欺負半年就離職了，接著漂泊了一年左右。後來取得看護資格，在特別養護院工作了兩年之後，又轉到同一個集團公司管理的護理之家工作，然後殺了那裡的病人。」

每次遇到像是「哇～是喔～」這類不明所以的附和，我都想把那些多餘的聲音過濾掉，試圖讓對方的回應變得更清晰，但大多數客人的反應都是這樣的。

「他掐住人家的脖子追問存摺和印章的位置，然後帶著這些東西逃走了……下場當然是很快就被抓到。」

「真是太辛苦了啊。」

舔你全身才辛苦吧。

當我從他的大腿根部舔到靠近陰囊的地方時，他「啊」地發出了一個淫蕩的換氣聲，我微笑著抬起頭。

「只要和像您這樣的人在一起，就可以忘記所有不愉快的事情。」

小兵中招了。他的眼角和嘴角融化得像是雙層超司漢堡側邊的切達起司一樣。

「紗花，妳真是太棒了。」

他一邊說著，一邊插入中指。我被翻過身來，胸部被他緊緊地吮吸著。

不用幫他口交了嗎？還是射完之後會叫我用嘴巴幫他清理呢？

「已經很濕了呢。」

「因為您很溫柔……」

和其他客人沒有什麼不同，我被他粗暴地亂摳，對話也是多餘。担已經三天沒有聯繫，我感到十分煩躁，發出有史以來最有感覺的女孩叫聲。以歌劇來說的話就是花腔女高音。每次與担做完的隔天都倍感幸福，但又因為客人太醜以致當中的落差令我陷入抑鬱而只能發出病人一樣微弱的聲音。全部都是担的錯。我恨他。因為担，我總是感到胸悶和不幸。當不幸加劇時，我只能藉著在腦海中重複播放和担的性愛來度過這段痛苦的時光，最終在大腦中達到高潮。

我喜歡担的臉。

但是商社男的技巧和節奏可說是前所未有的美好。

如果改成和商社男在一起，會變得幸福嗎？

即使不買黑桃王[21]也會對我溫柔嗎？

「喜歡ＮＮ的女孩真棒阿。但是要小心，不要傻傻地變成單親媽媽然後又複製貧窮哦。」

「嗯，沒事的。」

我在撒謊。我已經沒有在吃避孕藥了，因為身體不適合。

21 黑桃王：法國高級香檳酒。

「畢業論文要加油喔。」

「我會的。」

「要射了哦。」

「好的。」

雪白天花板上的嵌燈明亮地俯視著我，我注視著光芒。在光芒的彼端，一朵蓮花盛開著。那是在泥土上綻放的涅槃之花。

至今我仍然記得，哥哥殺害的那個女人有著不尋常的名字和不尋常的病名。

對當時國中二年級的我來說，這件事幾乎每晚都像夢魘般困擾著我，直到今天我仍然在思考她在最後一天想著什麼事情，以及她在最後一夜看到了什麼。

我所編織的故事，是在一個崩毀的家庭中如何保持理性並且生存下來的手段。

就像她編織的故事，是讓她存活在這個社會中的手段一樣。

或許我沒有哥哥，我也根本不存在於任何地方。

一粒純白而璀璨的生命種子落入泥土之中。

釋華為了生而為人而試圖殺害的孩子，終有一天／或者

就在此刻，即將在我的體內孕育而生。

國家圖書館出版品預行編目（CIP）資料

傴僂／市川沙央著；談智涵譯. -- 初版.
-- 臺北市：麥田出版：英屬蓋曼群島商家庭傳媒股份有限公司城邦分公司發行, 2024.07
面；　公分
譯自：ハンチバック
ISBN 978-626-310-670-3（平裝）

861.57　　113004961

城邦讀書花園
www.cite.com.tw

日本暢銷小說 107

傴僂

作者｜市川沙央
譯者｜談智涵
封面設計｜蕭旭芳
責任編輯｜丁寧

國際版權｜吳玲緯　楊靜
行銷｜闕志勳　吳宇軒　余一霞
業務｜李再星　陳美燕　李振東
總編輯｜巫維珍
編輯總監｜劉麗真
事業群總經理｜謝至平
發行人｜何飛鵬
出版｜麥田出版
台北市南港區昆陽街16號4樓
電話：886-2-25000888　傳真：886-2-2500-1951
發行｜英屬蓋曼群島商家庭傳媒股份有限公司城邦分公司
台北市南港區昆陽街16號8樓
客服專線：02-25007718；25007719
24小時傳真專線：02-25001990；25001991
服務時間：週一至週五09:30-12:00；13:30-17:00
劃撥帳號：19863813　戶名：書虫股份有限公司
讀者服務信箱：service@readingclub.com.tw
城邦網址：http://www.cite.com.tw
香港發行所｜城邦（香港）出版集團有限公司
香港九龍土瓜灣土瓜灣道86號順聯工業大廈6樓A室
電話：852-25086231　傳真：852-25789337
電子信箱：hkcite@biznetvigator.com
馬新發行所｜城邦（馬新）出版集團
Cite（M）Sdn. Bhd.（458372U）
41, Jalan Radin Anum, Bandar Baru Seri Petaling, 57000 Kuala Lumpur, Malaysia.
電話：+6(03)-90563833
傳真：+6(03)-90576622
電子信箱：services@cite.my
印刷｜前進彩藝有限公司
初版｜2024年7月
售價｜340元
ISBN 978-626-310-670-3

一般版電子書：978-626-310-666-6（EPUB）
博客來版電子書：978-626-310-694-9（EPUB）